AF348134

DISCOVRS

DES TERRIBLES ET ESPOV-
VENTABLES SIGNES APPARVS

sur la Mer de Gennes, au commencement
du mois d'Aoust dernier. Auec les prodiges
du sang qui est tombé du Ciel, en pluye, du
costé de Nice : & en plusieurs endroits de
la Prouence:

Ensemble l'aparition de deux hommes en l'air, les-
quels se sont battus par plusieurs fois.

Etont esté veus en grande admiration durant
trois iours sur l'isle de Martegue, qui est vne
ville sur la Mer: à cinq lieuës de Marseille.

A PARIS.
Par Pierre Ménie, portier de
la porte Saint Victor.
1608.
Ioúxte la coppie Imprimée à Lyon.

Discours espouuen-
TABLE DES SI-
GNES QVI SONT APPA-
ruz sur la Mer de Gennes, au commencement du mois d'Aoust dernier de l'an 1608.

Es prodiges qui nous apparoissét sans doute ce sót courriers, & postillons celestes, qui nous denoncent les malheurs qui nous doiuent aduenir, & semble qu'ils no⁹ prouoquét de courir aux remedes des prieres & aux ieusnes, à celle fin d'appaiſer l'ire de ce grand Dieu, lequel nous offen-çons iournellement.

Les Romains auſſi toſt qu'ils apperçeuoient des prodiges ils faiſoiét ſacrifice aux Dieux pour appaiſer leurs coleres par vic-timea & idolatrie.

Et nous qui ſommes Chreſtiés nourris en vne meilleure eſcolle il faut que ſaintement nous pre-ſentions nos cœurs contrits, & repentans & humblement prier le tout puiſſant de nous pardó-ner nos fautes,& vouloir appai-ſer ſa iuſte colere:à celle fin que les mal-heurs qui nous ſont pre-parez par ſa iuſtice ſoyent de-ſtournez & chaſſez loing de no⁹ par sa saincte misericorde.

Au commencement du moys d'Aoust de l'an mil six cens huit, sur la mer de Gennes c'est veu les plus horribles signes que de memoire d'homme ait esté parlé, ny écrit, les vns estoient en figures humaines ayant des bras qu'ils sembloient estre couuerts d'escailles, & tenoyent en chacune de leurs mains deux horribles Serpens volans, qui leurs entortilloient les bras, & ne paroissoyent que depuis le nombril, en haut hors de la mer, & iettoiët des cris si horribles, que c'e stoit chose du tout espouuentable, & par fois se plongeoyent dans la mer, puis ressortoient en d'autres ëdroits loing de là, heur

loient des cris ſi eſpouuentables
que pluſieurs en ont eſté mala-
des de la peur qu'ils en ont eu, ils
en voyoient qui ſēbloient eſtre
en figure de femme : d'autres a-
uoiēt le corps comme corps hu-
mains, tout couuerts d'eſcailles,
mais la teſte eſtoit ē forme d'vn
dragon.

Depuis le premier iour dudict
mois ils ont eſté ordinairement
veus au grand eſtonnement de
tous les Geneuois La Seigneurie
fit trainer quelques canōs pour
taſcher de les faire oſter de ce lieu, & leur fut tiré quelque huict
cens coups de canon mais ē vain
car ils ne s'en eſtonnerent nulle-
ment. Les Egliſes s'aſſemblerent
& allant au vray remede firent

force proceſſions, commande-
rent le Ieuſne, les bons peres Ca-
pucins ordonnerent les quaran-
te heures pour taſcher d'apaiſer
l'ire de Dieu, auec leur ſalutaire
remede.

Le quinzieſme Aouſt apparurét
ſur ladite mer proche du port de
Gennes, trois carroſſes trainát
chacune par ſix figures toutes
en feu, é ſemblãce de dragon. Et
marchoient leſdictes carroſſes,
l'vne à l'opoſite de l'autre, & e-
ſtoient leſdictes carroſſes trai-
nées par leſdits ſignes qui auoi-
ent touſiours leurs ſerpens, en
continuant leurs cris eſpouuentables : & s'approchoient aſſez
pres de Gennes, tellement que
les ſpectateurs, du moins la plus

grãd part, eſtonnez s'enfuirent,
craignant les effets d'vn tel prodige, mais cóme ils eurent faiᶜt
la vireuolée par trois fois le long
du port apres qu'ils eurent iet-
té des cris ſi puiſſant de bruiᶜt
qu'ils faiſoient retentir les mon-
tagnes des enuirons, ils ſe perdi-
rent tous dedans ladiᶜte Mer, &
depuis l'on n'en a veu ny ſçeu au
cune nouuelle.

Ce-cy apporte grand domma-
ge à pluſieurs des Citoyens de
Gênes, les vñs qui ẽ ſont morts
de peur comme ẽtres autre le fils
du Sieur Gaſparino de Loro, &
auſſi le frere du ſignor Antho-
nio Bagatelo, pluſieurs femmes
auſſi en ont eſté affligées & en
ont eu telles frayeurs quelles en
ſont

sont mortes . Depuis l'on chan-
te le   Te deum, ils se sont eua-
nouis.

Du depuis du long de la mer
de Nice & tout le costé de la
Prouéce, tant du costé de la marine que du plain : c'est trouué
auoir veu pleuuoir du sang natu
rel qui couroit, & taschoit de
rougir les fueilles, & fruicts des
arbres. A Toulon la plus part des
maisõs sur le couuert estoiét ta-
chées dudit sãg, le paué & l'Eglise
parochialle dudict lieu à la sor-
tie de la Messe fut veu picer le
cornet de vray sang pur & natu-
rel.

Le dix-huictiesme dudit mois
d'Aoust à Riliane en presence

de tout le peuple, fut veu vne
pluie de fang tellement que nul
fortoit dehors des maifons que
incontinent ne fuffent tachez
dudit fang qui diftiloit du couuert des toits ou bien de celuy
qui tomboit de la prime pluye.
A Lambex le vingt-iefme dudit
mois il pleut du fang en telle a-
bondance qui couloit du long
des ruës &fembloit qu'ils euffér
égorgé en leur ville vne infini-
té de perfonnes, bref tout le lóg
de la marine depuis Nice, iuf-
ques à Marfeille, a pleu du fang
en diuers iours. Prodige certes
qui n'eft pas fans prefager de
grands effects.

Auffi chofes dignes de memoire
arriuées prefque en mefme téps

en la ville de l'ifle de Martegue.
le vingt-deuxiefme dudit mois
apparut deux hommes en l'aïr,
aiant chacun en main des armes
& boucliers & ce battoyent de
telle forte qu'ils eftonnoyēt les
fpectateurs, & apres s'eftre lon-
guement battus fe repofoyent
par vn certain tēps, puis retour-
noient en batterie, & leur com-
bat tenoit deux heures.

Le vingt-iefme dudict mois ils
combatirér à pied & fe chamail
lerent de telle forte qu'il fem-
bloit des forgerons qui battoiēt
fur l'enclume, le l'endemain ils
fe trouuerent eftre à cheual, &
faifoyēt voltiger leurs cheuaux
comme gens de guerre, puis fe
chamaillerent de telle forte que

l'on euſt dit que l'vn ou l'autre
tomberoit à bas . Et le iour en-
ſuiuant l'on eut dit pour certain
que chacun d'eux eſtoit emparé
d'vn bouleuert, ou fortereſſe, &
apres auoir faict aſſez bonne mi
ne l'vn côtre l'autre il ſe fit bruit
comme de quelques tirees de ca
non, le bruit eſtoit ſi effroyable
qu'il ſébloit aux auditeurs eſtre
la fin du monde puis ayant con-
tinué leſdicts iours l'eſpace de
ſept heures, to⁹ en vn inſtât vne
nue eſpaiſſe apparut en l'air, &
couurit ſi obſcuremenr, que rié
de deux heures ne parut que nu
ées & broüillars noirs, oⁱſcurcis
ſentant comme le ſalpetre & a-
pres que l'air fut purifié ne fut
rien veu de toutes ces chimeres
leſquelles furent eſuanouyes.

Ces prodiges efmerueillables,
ont touché l'ame de plufieurs
Chreftiens lefquels ayans confi
deré les merueilles de ce grand
Dieu & cognoiſſant qu'il eſt ſeul
puiſſant & que par ſa bonté in-
finie il nous veut aduertir auant
que de nous enuoyer le chaſti-
ment qui nous eſt deu, ſe ſõt les
vns rendus religieux les autres
font penitence, pour appaiſer
l'ire de dieu Le Saint Eſprit leur
aſſiſte a ceſte bonne volonté.
Ainſi ſoitil.